水韵阿克苏诗笺

『杭阿同心杯·水韵阿克苏』
全国诗歌大赛优秀作品集

杭州市援疆指挥部
新疆阿克苏市文化体育广播电视和旅游局 编

杭州出版社

序

如椽巨笔绘鸿卷，砥砺前行谱新篇

阿克苏，作为古“丝绸之路”上的重要驿站，世界“四大文明”的交汇地之一，文化底蕴深厚，发展潜能巨大。几十年来，在阿克苏市委、市政府的坚强领导下，在对口援疆省市的关心支持下，阿克苏市各族党员干部群众以“功成不必在我，功成必定有我”的担当，矢志不渝，团结奋斗，阿克苏市政治经济社会发展取得了喜人的变化与进步，各族群众的幸福指数不断攀升。近年来，阿克苏市先后荣获中国优秀旅游城市、国家森林城市、中国西部宜居宜业最具投资潜力城市、中国西部百强县市、中国人居环境范例奖等二十多项殊荣，这座城市正变得更加生动、富饶和美丽！

2020 年，由阿克苏市委、阿克苏市人民政府、杭州市援疆指挥部联合主办的“杭阿同心杯 · 水韵阿克苏”全国诗歌征文大赛成功举办。大赛以水韵阿克苏为主题，展示了阿克苏的历史人文、社会风貌，热情讴歌了这片土地上日新月异的喜人变化。大赛邀请了北师大中国当代新诗研究中心主任谭五昌等海内外享有盛誉的知名诗评家、学者作为评委，在世界华语文学圈内引起了不小轰动，共计收到海内外文学爱好者踊跃投稿 1000 多篇（首），可谓是佳作云集。大赛以杭阿同心为名，充分体现了杭州、阿克苏两地人民之间的深情厚谊。2010 年至今，杭州市对口支援阿克苏市已走过十余载春秋。十余年来，一批批杭州援疆人“舍家报国，倾情援疆”，持续接力，迭代创新。民生援疆用情用力，产业援疆硕果累累，智力援疆春风化雨，文化润疆凝聚人心，杭阿两地交往交流交融不断加深，杭州模式与本地实际情况相结合，衍生出了助推阿克苏市经济社会发展的强劲动力。

将“杭阿同心杯 · 水韵阿克苏”全国诗歌征文大赛中的优秀作品合并出版，充分展现了阿克苏市委、市政府和杭州市援疆指挥部，围绕新时期党的治疆方略，贯彻落实中央决策部署，扎实推进文化润疆、富民兴疆工作的决心。它既是弘扬中华优秀文化落地生根，促进新疆各民族团结和谐，筑牢中华民族共同体意识的一次实践，也是以文创思维，推广“冰火丝路，天山水城”品牌，讲好阿克苏故事，促进“以文促旅，以旅彰文，文旅联动”，推动阿克苏文旅产业融合发展的一次探索。必将让更多人了解阿克苏，打卡阿克苏，爱上阿克苏！

编者

目录

几只阿克苏苹果

陆　健（北京）

几只阿克苏苹果
在杭州，一位朋友的方桌上
一罐西子湖畔的雨前龙井
邮往阿克苏的果园

鲜红的苹果，汇聚了阿克苏河的
波光水雾，和殷殷美意
绿茶，江南的土壤，日照
湖水悠悠的万般情愫

西施，仍在浣纱。她的手背上
金戈铁马的硝烟已被溪水冲走
那位月亮般皎洁的姑娘阿依达
你的阿克苏，那位诗歌王子洪烛

把你写进了羞涩缠绵的诗篇

“看到阿依达的微笑，我想

这个世界上哪怕没有花朵

也不显得荒凉”[①]

碧绿的茶园旁边，西子的故事

同样在塔克拉玛干沙漠流传

美丽的阿克苏，美丽的杭州城

这一切，仿佛梦境，仿佛刚刚发生

其实是早有渊源，其实是命中注定

①洪烛（1967—2020），当代诗人。此诗所引用为其 2005 年诗歌《阿依达》原句。诗人曾在全国多地、多种场合朗诵他的这首代表作。

A KE SU SHI JIAN

阿克苏诗札（组诗）

安海茵（黑龙江）

阿克苏的水：都是饱含热泪的名字

水在黎明将至时是黛色的

沾染着明眸流转

饱藏这十二时辰之中众生的眷顾

塔里木河、阿克苏河

收容了西域千年的咸涩和伤

却又生养万物，跫音缠绵

是这座城市沙哑而澄澈的嗓音

大漠中的胡杨

如西域笔直而缄默的勇士

它珍藏每一滴晨露

以及月光淘洗后银质的歌喉

或者，我们也可将这两条河流
铺叙为这片土地上流转风韵的黛眉
将葱茏种上　将马群种上
河流给我们的题词便是——
好景在此，愿君珍惜

一场风霜过后
阿克苏的溪流点缀了沁人心的甜
水意浸润之下
这深秋的空气是芬芳的
夜晚也因此蕴藉　吐蕊的诗酒年华

塔里木河，阿克苏河
这些都是饱含热泪的名字
听到的人无不鞠躬致意
它们也还是无缰的野马

浪花与蹄印所经之处
生灵全都擎举着得福的杯盏
每一处居所都有庇佑的灯光
每一盏灯光都有丰盈的遇见——

阿克苏的果实：夯实这岁月缱绻的一生

阿克苏的果实高悬那一盏盏的蜜意
总是贪恋着无霜期的长
阿克苏的果实最欢迎天山来客
听得懂蜜蜂传情的人
掬一捧雪山融水的人
都是果园的座上宾

苹果和杏儿擎着不知愁苦的脸庞
把冬不拉的歌声模拟为收获的狂欢
在惠风和畅的塞外江南

它们情愿交付自身的脆与甘

让我们回溯人们在土地上的弯腰劳作
喀斯特地貌上幽微的车辙
描摹着虔诚而又举重若轻的弹拨
我要在阿克苏寻访最高的山
还立志一路邂逅最美的河谷
我要将远去的钟声和云雀的啼鸣
一一播种
以薄覆双肩的雨露
洇染欢欣的果实
那甜度足以融化天山上温存的积雪

阿克苏的暮色是深情的
葵盘窸窸窣窣燃起的火焰
应和着中年男子沧桑的歌声
和少女相思如鹿的背影
星光在望，流水卸下炊烟

我也要卸下一部分的自己

栖身于此

我要摘取甜美的果实

夯实这岁月缱绻的一生

阿克苏的遇见：杭州的热望总是一往情深

杭州的热望总是一往情深

不可能安然独享每一个黄昏

暮色中亦有热度的光

在多浪河里浮金暗涌

十年育树啊

援疆人在阿克苏的旷野栽种下的

抵御风沙的最美同心林

隐喻了白水城的生态春天

青鸟的邮差总是在迢遥的路上

他把西湖的淡妆浓抹小心地裁剪
收好了云朵的描金抽屉
自杭州而来的一批批支教志愿者
以理想主义的撞针
对接着白水之城偌大的田野山川
他们把这里的古物和风霜
都做成了动漫特效
把长江三角洲的轻工业模拟成一部
蚕宝宝的成长史
带给了边疆的孩子

那从西子湖畔逶迤而来的点点光芒
正擦拭着西部的干渴
角落里叹息的石头
全心嗅着慈悲的花朵
援疆人十年之中躬身的背影
被这座城市的胭脂
渲染成最美的荣光

他们在阿克苏的檐下漫撒成匹的锦缎

恰是这烟火人间最动情的酬答

梦里水乡多浪河

黄也（阿克苏）

流过晚清的时光，流过民国的云烟
流进这个盛世欢歌的时代
滋养塔里木盆地的大果园

瞭望你啊，多浪河
雪水卷起洁白的云朵
你从山涧峡谷跳跃而来
弹出“五月天山雪，无花只有寒”的诗篇
弹出“冰火丝路 天山水城”的诗篇

弹出的还有一些时光的片断
那些闪烁着光环的事物
在轻盈的浪花里都被风带走了
欣赏你啊，多浪河

就像灯下欣赏我的美人儿

流光溢彩中你款款地穿城而过

流淌啊，一路欢歌

流淌了数百年

载着一枚水韵名片，漂泊啊

我的梦里水乡多浪河

多浪河畔
——印象阿克苏

陈安辉（四川）

（一）

边塞小城再也掀不起漫天黄沙
大自然把“塞外江南”的凤冠加赐于你
从童年的沙尘暴里钻出一个
鬓染霜雪的归乡人

（二）

从河西走廊长途跋涉而来的商贾
需要穿过塔里木盆地　塔克拉玛干沙漠吗

飞翔的白色翅膀

蓝色蝴蝶终于抵达多浪河之畔

将中国的丝绸　中国茶带往世界各地

（三）

多浪河之水清濯

多浪河之水甘甜

正如你所愿　在多浪河之畔

你所看到的群鸟　柳荫

波光潋滟并非虚构之物

（四）

我曾在西湖柳荫下惊喜地遇到过松鼠

大尾巴来回摆动

跳跃　攀上爬下
如今它的兄弟姐妹已移居白水城的
多浪河之畔

（五）

我曾长久矗立在山巅或河畔远眺
怀着无限忧愁仔细辨认故乡的模样
努力回忆每一块土地
草原　沙漠　高山　盆地　戈壁……
被大西北沙尘暴迷住过双眼的人
一度迷失了的方向

（六）

在大巴山麓我一直饱有童年的记忆

面对南方叠翠的山峰一再被白雪覆盖
群山一味地出现天山雪莲般的银白世界
无法做出梦的释义

山脚下的河流有冰的质地
春暖花开之际总是泪眼模糊
明镜似地河面脆裂成一河滔滔东逝水
这让我的忧伤加剧

红豆和柳枝这些南方古老的相思物
重返春天的枝头　由南向北
飞越千里山河
阳关　玉门关也阻挡不了大雁的归途

穿过黄沙漫漫的塔克拉玛干沙漠
抵达边陲
请月光下的“白水城”敞开城门
一如既往地接纳一个异乡人的
归心似箭

青春阿克苏（散文诗）

田万里（河南）

自从西域“江南水乡”阿克苏归来，总是感到灵魂深处，崇高且威严的托木尔峰在驿动。

仿佛天山脚下的响水河，染指波浪的绿色青素，一次次地浸透了我，奔腾向我。感动和生命就像一棵小草，从来没有像今天这么茂盛。阳光不止一次地亲吻它，温暖它。蓝天下的阿克苏，大地赋予了它很多、很多……比如南疆天山大牧场、峡谷大草原、托木尔大峡谷、神秘大峡谷、塔里木河、阿克苏河、多浪河、塔克拉玛干沙漠、塔里木盆地、沙雅胡杨林……这些神奇的生命世界之存在，就像太阳的光芒播种在这片土地上。

阿克苏的青春犹如生态凝聚成的冰糖心苹果，屹立千年不倒的胡杨王，戈壁滩上或沙漠里顽强生存的红柳树。

阿克苏的青春恰似燃烧在托木尔峰上的狂风暴雪，是那么炽烈，是那么神秘。当我远远地注目它的时候，生命里似乎已充满了敬意，或者说是盎然的春意。

阿克苏的青春就位于山花的芬芳里，马兰花的色彩里；就位于攀登者的信念里，鸟鸣声声的生态里。当花草树木的气息，愈来愈接近春天的时候，阿克苏就会清晰地闪耀在我的生命里，动情在我的眺望里，期待在我的思念里。

阿克苏的青春是天然的，是火热的；是永恒的，是纯洁的，是月亮泊深处的……跃跃欲动的感觉里，阿克苏是那么美妙，那么动人，那么深刻！

阿克苏·胡杨

寒江雪（福建）

谁把中国最长的内陆河
拖拽到了阿克苏的身旁
永不停歇静静流淌
又是谁在阿克苏的大漠
踏出了古老的丝绸之路
蜿蜒，驼铃叮当

黄沙遮蔽着戈壁，也遮蔽帐房
从塔里木河逆流而上
看得见胡杨挺起的胸膛
百年，千年，不短也不长
不死的胡杨，死去又复活的胡杨
漫漫黄沙只是它的饕餮大餐
我从南极归来

在北冰洋上岸，折返

从杭州抵达阿克苏的山川

以十载江南水韵的情怀

和阿克苏儿女并肩成了

沧桑的胡杨，年轻的胡杨

在塔里木河沿岸张扬

阿克苏，大美新疆水灵灵的眼睛

和克纯（云南）

阿克苏，大美新疆水灵灵的眼睛
含情脉脉，脉脉含情
让我留恋，令人沉醉

阿克苏，一颗镶嵌在大美新疆的明珠
日出大漠，雪映天山
千泉奔涌，万溪汇流
塞外江南，物阜天华

阿克苏，一个美得让人流连忘返的地方
蓝天白云，绿荫葱葱
水墨丹青，自然和谐
美奂绝伦，爱意绵绵

阿克苏，一个充满生机、活力和希望的地方
水韵之城，逢水生运
天生丽质，风光无限
诗情画意，天地精华

挽清风明月，揽芳草香花
走进仰慕已久的阿克苏
仿佛置身于梦境、仙境

多浪河的微澜轻柔似少女暗送的秋波
月亮泊温泉的汩汩泉音好像是老子不分昼夜地
讲述他的得意之作《道德经》以及康养秘籍
凤泉河公园里，来自世界各地络绎不绝的游客
被独特风韵、十足魅力的新疆民族舞以及西域
文化所吸引，久久不忍离去

阿克苏，大美新疆的一轴精美画卷
水韵雪影，风姿绰约

仙子翩跹，如痴如醉
万种风情，奇异迷人
秀丽河山，魂牵梦萦

阿克苏，大美新疆水灵灵的眼睛
含情脉脉，脉脉含情
让人留恋，令人沉醉

A KE SU SHI JIAN

阿克苏之恋（组诗）

林萧（广东）

约定

此生，为了能再见一面
我们必须活得足够久
活得足够老

在阿克苏，没什么不可能
国家湿地公园的花海在恋爱
塔里木河的雨写意出一幅画卷
皇宫湖的水蓄满了无限温柔

此生，终于能再见一面

在时光静止的水韵之城
我们抚摸对方脸上的皱纹
含着泪，颤抖着分离

月光

阿克苏上空的月光
与别处的月光
似乎没什么两样
无非是丝丝月辉洒下
一种浸透灵魂的清凉

今夜，经过幸福公园
排山倒海地想一个人
想她的好与不好
就像忽远忽近的月光

梦境

那一年，住在每月几十元的出租屋里
我们用锅碗瓢盆庆祝新生活的开始
那一夜，一场大雪仿佛要把托木尔峰覆盖
我们和衣而睡，互相用呼吸取暖

然后梦见金黄色的油菜花开满山坡
我们在天山神秘大峡谷交换戒指和心跳
你的右手落在我的左肩，离爱情很近

醒来时我们惊诧于做了同一个梦
二十年后，我们天各一方再无相见
一生很长，这样的梦境很短
有时候，我们偶尔会在梦中相遇
不说话，带着对方的体温离开

A KE SU SHI JIAN

让美丽吹拂海洋的风（组诗节选）

凌晓晨（陕西）

杭州·阿克苏

雪山下的温泉，你知道吗?
约你去一趟阿克苏，在接近冬季的时候
从杭州湾出发，上升四千米高度
穿越五千年历史，让美丽吹拂海洋的风

钱塘江在阿克苏安静了，纯净清澈
西湖在阿克苏睡醒了，波光明亮
万里征程可以一夜飞渡，用杭州湾的春潮
塞北可以比拟江南，用穿越山水的构想

几处早莺和啄泥的燕子

在湖心岛的胡杨树上，五月天山的倒影
如同心灵中的鲜花开放，杭州
到达阿克苏，经过无数个隧洞和桥梁
十七条高速才能驾驭南北通途
阿克苏河向东伸出，才能手牵塔里木
一把古琴，让断桥上传说俯卧在怀中
音域中的飞行，让白沙堤行走在多浪河中

从杭州到阿克苏，将无限给予祖国的疆土
我明白，汹涌的大海背后
有巍巍的雪山和无数晶莹的泉流
汇聚手牵手心连心的兄弟和朋友

龙潭印象

苍龙取水，昂首雄姿
塔里木河的方向，迎接东方日出

一条河孕育多浪文化的飞升

龙章秀骨般的水域，摩天轮在远处
如同喷火的龙的眼睛，遥看日落月出
托木尔峰的倒影，就是龙行天下的姿势
赫然托起，岛桥连通，栈道廊亭
一颗龙珠含在龙口，在梵音声中旋舞

此地藏龙卧虎，山水形胜
多少俯卧撑亲近大地，托马斯全旋
龙潭的深度，在心灵的穿越与树木的构成
重复的劈开腿的舞姿，五彩缤纷的光影
我看见神州巨龙正在星空飞腾

阿克苏湿地

亲近自然的弧度，可以瞬间永恒

在塔克拉玛干沙漠之北，天山
雪岭脚下的土地上，塞北有一片湿地
蓝天白云，水域辽阔壮美

格桑花开在枝头，荷花拥挤
水鸟划水破群，白鹭与苍鹰比翼
塔里木兔出没，梭梭草与怪柳如高似低

我在睡莲池边驻足，又在栈道上屹立
俯瞰江心岛，让梦中的自己
在水面上行走，波光闪烁疾步如飞

还原一种浅绿，与蓝天雪山相印
铺展心灵的给予，让水鸟不断激动温习
收敛万千嬉戏，在水草中间穿行心迹
辽阔之中淹没的欲望，一如波光

致胡杨

你的一生，与水有关
降临的雨，如同神话与传说一般
你的一生，与水无关
死亡的风，携带沙粒和干旱
你的意志，直指蓝天

你的一生，向命运挑战
飘浮的云，仿佛词章和诗篇
你的一生，与拼搏同肩
咸味的燥热，伴随打击和背叛
你的星空，深邃遥远

倒下的时候，头颅沉重
不顾一切的庄严，犹如石碑或断剑
死亡不屈，铁骨铮亮
无论戈壁滩的美丽，如何变幻

不朽的生命，存在人间

仅仅一个千年，烽火台塌落
古城残破，驿道无边
羯鼓低吟，佛家肃穆
枭雄逐霸的故事，被一支牧笛
吹奏得如缕如烟

森林之歌

每棵树是一个声音，每棵树
也是一个词汇，犹如水滴
凝聚为泉流，河溪，海洋的无垠

树的歌唱是绿叶花朵和果实
树的深沉是扎根滋养和浸润
一棵顶天立地，一棵棵茂密成林

欢乐的风，喜泣的雨
循环往复的四季，都是种子
在围绕果实成熟之后核心

灵魂向往天空，绿荫葱茏大地
森林如生活的词典，静默中等你
打开阳光，给予吐纳万物的秩序

风泉河

浴火重生之后，肯定是一股清流
在星空之下，在万物之上
无处不在无处安放的自由

寂灭的根源，只有以水与虚空证明
触感无形的张力，倾泻如注
在西方跌落，在东方升起

地轴旋转的速度，不能握在手中
遇见你，才知道一切诞生

必然在水性的燃烧之中，包括意志
温度的能力和色彩的层次
徒步计时，在光影的怀里
获得一次休闲的机会，让温泉戈壁
盛满金黄的赐予，以碧绿的心

给予终生，以往复循环的凝重
轻轻地，强大而孤独
将梦想占据的联系，用简单结束

月亮泊

把一枚月亮，浸入体内
抬头仰望幸福的梯度，在星空

此刻的深刻，有赖于你的深刻
而你的深刻有赖于孤独本身

接受轻蔑，也受到轻蔑
变化的潮汐，时过境迁的偶遇
没有唾手可得的荣誉，月亮
正在渐渐的远离，无论
奇迹在水中，还是在岸上

映在水中的星空，也有脚印
停泊月亮在你的胸中，夜
充满梦幻的过滤，月光弥漫水色
从我手中落下的心意，可以捡起
如果赤身裸体，就是一块碧玉

你的美丽，坚而不摧
可以与平常决裂，以天真和直觉
创造精妙的完美，池中愉悦
其大若垂天之云

在皇宫湖边

做一只迷路的兔子，藏在草丛
放松警觉去聆听，爱情的蜜语
以脚趾的触感，测量水深
红宝石似的眼睛，让距离
成为不可思议的舍取

追逐繁星的男孩，站在眺望台上
放弃追逐，准备伏击
站在车顶的姑娘，展开胳膊欲飞
露营野餐，烘托水草骏马的美丽
尽情放松的秘密，属于自己
一只兔子，可以扮演潮客
错过取景的机遇，让一湖水
彻底洗涤宁静的灵魂，打碎精致
让纯粹铺展，如同特别契合的相遇
在太阳伞外，无处遮荫

沉醉仿佛放弃，不知不觉

让淹没的繁忙无迹可寻，谁在呐喊

椰子树与芭蕉树，在一起生长

是受宠若惊，还是酣畅淋漓

无意回归

A KE SU SHI JIAN

诗意阿克苏（组诗）

刘晓平（湖南）

阿克苏的太阳

阿克苏的太阳

她是从草尖上升起来

却在白水的霞彩里降落

我喜欢这里的太阳

太阳出来便有了暖意

也有了绿色和丰收　还有我的歌声

太阳爱我　也爱所有的人

我在太阳的注视下

走向每一处藏着诗意的地方

我喜欢在路上

看太阳的升起

也看某一个人在阳光下走向远方

阿克苏的薄皮馕

阿克苏是个富有美味的边城

有瓜果之乡的称号　也有难忘的酸奶子

在吃了阿克苏的薄皮馕之后

便有了将家搬迁来此的意愿

我愿意站在小城楼上看月亮数星星

也愿意躺在草地上看牛羊亲近大地的样子

愿意在大地读植物生存的哲理

也愿意在小城楼想象一个远方的姑娘

薄皮馕的味道真是奇妙

有盐的味道　有乡土的味道

更有找到力量的味道

远眺柯柯牙防护林

在阿克苏　迷人的景色
不只是塞外江南的水　湖光山色
它的龟兹文化　多浪文化的内涵更让人迷恋
还有它的防护林　像绿色的诗行
放射出光芒　穿透你的心房
在这个胡杨扎根的荒凉边塞
柯柯牙防护林像母亲守护梦的臂膀
挽住了阿克苏绿色的梦想　秋收的牧歌
有一种神秘使我无法驾驭迷恋的心神
远眺柯柯牙防护林就像读诗一样
风吹着傍晚的彩霞也吹着我
心灵在幻想的边城游牧……

“塞外江南”之梦（外四首）

卢艳艳（浙江）

你来到这个城市，这片土地就属于你
龙潭公园是你的，老子新村是你的
一条条血管般四通八达的道路
供你行走，奔跑，寻找
你来到阿克苏河两岸，不老的身躯就属于你
波浪是你的，河堤是你的
一阵阵心跳般绵延起伏的咆哮
让你悸动，深陷，等待
你来到胡杨公园，整片胡杨林就属于你
在瓜果飘香的“白水城”
阳光是你的，月光是你的
那一次次生死般反复来临的日出日落
使你和那么多人相遇，相识
又各自飘散

走在属于你的道路上，出发的地方
阿克苏的璀璨灯火离夜晚这么近
看得清所到之处
和所有黑暗的枝蔓
一轮明月与清晨相隔那么远
需要你从梦中醒来，并把整个梦留在
太阳升起的“塞外江南”

在江南，恋上阿克苏

江南下雪了。我枕着薰衣草入眠
你哼着，放牧之歌，等待塔里木河水
奔腾的那一刻，送来春风
梦中——

我们头顶是瓦蓝瓦蓝的天空
飞过苍鹭和雄鹰

它们看到了果园，草甸。羊群在奔跑
也看到了高楼，大桥。车流在穿行

春，阿克苏每一寸土地上
繁花似锦
那一冬，江南水乡每一处烟雨中
霓虹闪烁
我们在硕果累累的葡萄架下
和苹果树间，穿行，停顿。那一夜
我睡得那么沉，没有被汹涌的人潮绊倒
也没有，被离别的雨声惊醒

哦，钱塘江的潮水作证
我也想在塞外江南，放肆地奔腾
和我亲爱的人儿赶着牛羊，去草原
漂泊，也绝不在一座小庙里，垂首待命

阿克苏苹果之爱

在果园，我看到又大又红的红富士苹果
悬挂于枝头
看一眼，就知道已是收获季节
像成熟的胎儿等待颗粒归仓
岁月没有白白流过
从树苗栽进泥土，根的歌谣就开始吟唱
发芽、开花，蝴蝶来了，蜜蜂来了
玫瑰有的芬芳，阿克苏的苹果花也有
存储阳光、雨露，和水
凋零就是蜕去虚无之物
一生朝着一个方向，把生命
堆积成果肉，成为被人间咀嚼和吮吸的养分
你看，年老的长者也变得身手敏捷
既然苹果已经成熟
值得攀向更高一层，向天空靠近
或双膝跪地，匍匐泥土中捡拾。虔诚。忘我

如同一个祛病除疾的良医，或虔诚者
向人间派送，甜蜜之果
带着土地的信仰之歌

皇宫湖黄昏

黄昏的光线
使皇宫湖水面晶亮起来
白云落在这片绵长的镜里
一会儿实
一会儿虚
仿佛风吹过变幻的季节

吹过岸边散落的人群
几片光影飞走了
落在临水的窗台上
唤醒了许多

胡杨一样沉默的灵魂

在夜晚，潜入湖中
想要说出自己
内心深处影影绰绰的芦苇和雁阵
刚开口，却化作水面上一串串泡沫
瞬间就消散了

在凤泉河公园

到达你之前，先追寻
时光在阿克苏生态走廊流动的秘密
聆听河水源源不断，流入大地的脉管

闻见澎湃的日子
生成多少个生态盎然的绿洲
到达你之前，我是身着荷纱在水一方

寄身桃红柳绿的江南愁眉深锁
仰望北去的大雁湖塘泛舟。此处

既有南疆重镇的苍茫，又有江南水乡秀美
而一墙之隔处
还是嶙峋岩槽梳过一百里苍绿
沉甸甸奔腾成磅礴，激荡为嚣声

没有暗流，没有宁静，没有平坦
引水入城，湖泊修复——
每一滴水，都是沙场上策马扬鞭的英雄

夏夜，多浪河

苏德新（阿克苏）

夏夜，多浪河，路灯舔着树叶
暗淡的边，滨河路上的密码档案

要命的时针，争抢意象
炉中火，被太阳带走

凉爽的湖畔，热闹非凡
白天见不得太阳的广场舞
夜晚亮出牙齿，面色无血
我坐在多浪河游艇上，划着月亮

我的诗，在风吹过的河堤上
站着睡觉，不打呼噜

阿克苏诗篇（组诗）

王述尧（江西）

月亮泊感赋

天空如一块蓝玉
鸟儿醉得东倒西歪
跌入池中

池水
“涵虚混太清”

野鸭湖中
不见了鸭子的踪影
只留下一池深蓝

供画家泼墨

红柳湖边
野兔去了哪里
且留下这一池的宁静
供我打坐

这塞外的月亮泊
是我心头的一块蓝玉

阿克苏湿地公园

这颗绿色的肾
日日调节着阿克苏的阴阳
调节着阿克苏人的心扉

菊花，毛地黄，萱草

美得令人心醉

柳叶马鞭草

浓得流淌紫汁

绿树倒映，白鹭矫翼

蓝玉浸泡我的灵魂

黄昏

晚霞染红多浪河

湿地蕴涵大美

多浪河景区

蓝天跌入多浪河

河水倒映威戎城

西域三十六城邦的图腾

鸠摩罗什的法坛

塞外

坐落着如梦的江南水乡

在阿克苏，我看见江南

王长征（北京）

没有想到，在寒流涌动的西北
分明看见温润俏丽的江南
用她深如潭水的眸子
淹没打马而来的诗人

我从南方的雨水中溯流而上
甩着湿漉漉的长袖
错把他乡当故乡
还将阿克苏姑娘脸上的红晕
误认成情人手中飘扬的彩巾

垂柳与荷叶之间
有人在贩卖喜悦
悠扬的乐器落满了星星的光芒

为流浪的人提供一张睡床

在大西北阿克苏
很容易被一朵含情的青草牵动
杭州舌尖上翘起的酒香
在遥远的异乡闪烁
亲如家人的问候与美丽图景
汇成一条欢畅的河流
荡出一个个巨大的漩涡

在阿克苏
江南悄悄苏醒
心灵踮起脚尖
诗和远方
凝成一颗透明清凉露珠
滚动在粉红色的花瓣上
我被时光遗忘
车窗外看

满树高挂红透的苹果

甜死过多少位美丽的公主

多浪[1]河

在一个孤寂的夜晚

听见，一条河流在细细低语

拥挤的浪花

相互纠缠一年又一年

想扶着月光登上岸来

瞅一瞅

为什么幸福公园总是有美丽的姑娘

它扭动腰身

①注：多浪是远古一个追求自由和幸福的部落，在此将“多浪”进行一些引申。

在气寒西北的边陲之地
滚动着向前
心脏化作漩涡
急切的澎湃
像深夜起身的旅人
对爱情狂热的渴望

河水的流动使城市向后退隐
飞机上望着
多浪河越发纤弱瘦小
像是受到召唤
渐行渐远的多浪河
发出一声深长
只有合欢树才懂的喟叹

天山

她的心
比北风还要冷
起伏在强烈的四季

她的灵魂
比黑夜还要深刻
有着锋利的寂静

她是明亮的时光的美人
明眸皓齿
不曾被时光带走一丝容颜

她醒着，犹如云海苍苍
她睡去，就像千年寂寞
风吹动她飘然的头发
如江水的呜咽

在旅人的梦中

发出凛冽而又豪迈的长吟

胡杨

辽阔苍茫的旷野

棵棵胡杨站尽秋天

仿佛不是自己

代替一些不愿被人所知的灵魂

张开双臂去拥抱尘沙

想抓住灿烂而又遥远的时辰

眺望远方

孤独中带着骄傲

时间之水滋润金色的土地

浪漫与风情，掀起诱惑的裙子

他们英雄般庄重

带着淡淡的忧伤
背负着长长的信念
在阿克苏使命光荣的原野上
成为春秋鲜明的分界

他们保持月亮的尊严
在平静而皎洁的银辉下洗净身体
沙漠起源于寥廓
在这里汇聚
随着胡杨林的呼吸摇晃
天地之间剽悍狂野的风被驯服
太阳点燃的尘沙
瞬间熄灭

四野茫茫，像被人遗忘的破布
胡杨林撞入我们的视线
一点也不显得突兀
离开时，心头热了一下

犹如被忽视的主人
又像暗夜里满天群星
没有人去细数闪烁的次数
却一直被默默地照耀

月亮泊

如果让我形容你的模样
一首诗远远不够
曾经的荒原
生出炽热的翅

他吟咏美酒，用舞蹈写诗
用爱的歌声书写新生活
曾在落日下爱过一位美人
在丝绸之路
为疲惫的人涤洗风尘

如今，他换上了新发型

期待揭开情人的面纱

如果等不到月亮仙子

宁愿继续

做一个偏远的王

阿克苏，一部水墨晕染的册页（组诗）

王志彦（山西）

龙潭公园

（一）

锦绣北路以东，阿温路以西
314 国道城区北段以南，规划支路以北
52 公顷的一湖、两带、四域
像一幅水墨渲染的丝绸在高蹈
十万花朵渐次燃烧。这就是我诗歌的天涯
繁华散尽，独一片花海无边
啊，这大地恩赐的盛宴
湿润了遍地诗意的眼睛

（二）

在龙潭公园欣赏诗意

要把内心的阴影置换成树荫
让纷纭的鸟鸣有一个可供挥霍的时空
把喉咙里堆积的假山，赋以流水
在明月的回忆中使其复活
长椅斑驳，分手的人重新相见
清风要吹拂着尘埃的浅薄
一只蝴蝶已经醒来
多浪河边熟悉的琴声，要找到它回旋的背影
“公园只是多浪河水留下来的微笑”
草木的心情是公园的一种情绪

（三）

在龙潭公园，一泓龙潭湖水就像灯盏
它清澈的光芒，镀亮都市中的乡愁
仿佛唐诗宋词间涌动的平仄，让诗意在阿克苏
　　奔跑。生态的密码被每一朵浪花
轻轻诵出，像一只蝴蝶呼喊另一只

直到把眷恋呼喊成透明的湖水
它们无限地接近尘世，除了人间烟火
看不到尽头的是大自然波光潋滟的恩赐
而整个龙潭湖水，在月色无限深处
更像一张旧绢，有着贵族的血统

（四）

在阿克苏，龙潭公园像一个放大的符号
龙潭湖、苍龙取水、龙环广场、秀骨廊
诗意、醒目，我从浩淼的时光经过
看到它如此古朴、淡远，弥漫着圣洁的气息
就像春天的合唱刚刚开始，它用唐宋的身段
秦汉的舞影，比拟一朵朵鲜花的肥美
于人间的倦慵里，仿佛一粒斑斓翡翠
沉浸于云水谣曲的抒情，而一座白水城
用“塞外江南”的架构，为新时代遣词造句
与龙潭公园并肩描绘着中国龙浩荡的主题

皇宫湖

一泓碧水，4000 亩的澄明
在阿依库勒照彻。塔什塔村、阿萨村、皇宫村
青山绿水，已成为阿克苏的崭新画卷

山水的空白里，邀一轮明月
与皇宫湖倒影的群星对饮，从音干山取出的祷词
能照亮整个大地

沐浴风雨的古湖，已尘埃落定
丰收溢满诗行，这块神圣的土地无需苍茫之叹
到处是吉祥的山水，聚满幸福之地

不需要坚硬修辞的皇宫湖画卷
溢满改革的激情，呈现出新时代的奇观
为阿克苏找到属于独具匠心的架构和诠释
在阿克苏，用皇宫湖水点亮颂辞

就是借南风打马，为 14450 平方公里的土地

送去花朵和果实

让“塞上江南”的今天和明天：山清水秀，

福寿康宁

月亮泊温泉

一滴温泉水，恰似天山余脉的一个偏旁

风一样吹过的唱词里，红柳拂面，作赋汤池

一汪硫磺泉水在冬天的料峭中温情荡漾

从诗情画意中走出的一泓暖流

给了阿克苏一个四季如春的道场

穿丝绸的少年已回到水的一方

时光的黑洞无以应答。岩石滴穿

有多少生命背负祈愿，像一泓月亮泊温泉水

为苍生普度安康

多浪河

（一）

多浪河倒卷着奇、秀、幽、灵的花瓣
群鸟欢腾，流水静默。绿色阿克苏在河水溢出的
澄澈中，删繁就简，修炼成金雕般的意志

辞藻的锦绣江山，倾泻着多浪河的仁爱
水墨交辉，一只白鹭的思考，像一朵出浴的阳光
为多浪河的波澜孕育出惊艳的蓝图

（二）

以词象生物，多浪河畔的胡杨、戈壁、绿洲
让阿克苏的山水均衡。一团来自古老部落的幽思
在时代的浪潮中，过滤出多少良知与敬意
多浪河不再空悬于泥沙和卵石之上
阳光在骨髓中渗透，多浪河的澄明瓷器

正在长出旭日的翅膀，舒展岁月脉搏中的另
　一种光影

（三）

到多浪河寻找诗意，就像去墨里提取言辞
意象和隐喻已找到精准的仄韵，水光掩映的
　襟怀
是一滴水回到它自己的呈现中

面对一群群白鹭、野鸭、黑鹳
浪花和飞鸟，哪一个更接近于时代的音符
哪一个能引领我回到阿克苏河的合唱中

（四）

生态给出的黄金，在多浪河慢慢移动
森林曼妙地起舞，将生机溢出年轮的边界

仿佛多浪河的一朵朵浪花，找到了美学的墨
苔藓、浮游、木本、灌木……植物已抵达黄金
海岸
时代的元音，溢出歌者的襟怀，成为生命的灵魂
在多浪河美艳的肌肤上，留下一团团澄澈的波纹

（五）

当暗夜抖落雪花般的羽毛，与辽阔的澄明相遇
一条多浪河，超出了横流湍急的沉思
它更像岁月的柔肠，超出了诗学意义上的注解

一切混沌和梦想，将悸动于初心和诺言
当人间放下心中的泥沙，梳理出春天的纹理
在这绵延不止的潮涌中，多浪河已呈现出希望与
诗意

阿克苏狂想曲（组诗）

杨康（重庆）

阳光随着公路在月亮泊弯弯曲曲

月亮泊涂抹掉一切事物的锐气和锋芒
就连太阳，也要从山脚下的泥土里拱出来
太阳不再是从天边盛大地升起
它也要对月亮泊的辽阔和起伏服服帖帖

宁静的月亮泊，飞鸟们在此占山为王
飞鸟是大自然发配人间的天兵天将
一条公路扭动着身体，任何隐秘的部分
都要刻意亮出来接受检阅然后隐匿

蚂蚁要想上路，只能走出弯曲的轨迹
阳光也随着公路在月亮泊弯弯曲曲
盘旋的路，更像是一条逆流而上的河
所有要过关的，都得有着由低到高的流向
不要回避月亮泊的空旷，尽量学会委婉
随身携带的秘密就留在湖底吧
飞奔向前，向前是一种修为
接近于远方总比接近于此时更能使人安心

如果在阿克苏遇到一位姑娘

去阿克苏以前，先洗洗手也同时洗洗身心
喔，忘记告诉你。不是舀一瓢多浪河水来洗
要用阿克苏洁白的云朵擦洗，再用
黄土地里祖先们的骨头和遗训捶洗

如果在阿克苏遇到一位姑娘，请别

用你的市侩气息去污染爱这个词语
吻过了她的额头，就要手持信物
在第二年的这个时候锣鼓喧天给她希望

水灵灵的爱，用手一捏就会破
若是产生了君生我未生的惆怅之感
那就把这里作为你人生的终点
即使是半路将死，请一定将手写的书信带到
别去阿克苏，如果你还对爱情有所怀疑
那种刀一样刻在骨子里的爱情。刻骨铭心
这个营养不良的词语真的无法形容
别去阿克苏，如果遗失了姑娘赠予的信物

在一首诗里对阿克苏进行精雕细琢

所有关于阿克苏的诗，都应该说着南疆方言
应该选择红色作为诗歌的基础色

从中国红的红里借用一些红，从血色的红里
再借用一些，要描出五星红旗那样的红

阿克苏河、多浪河，作为阿克苏的
主要轮廓。把多浪水库和上游水库
当作细节去勾勒，塔里木河应该
像波澜一样起伏，波峰浪尖涌动着阿克苏之美

一首诗应该写出奶茶的醇香，至少
在这善饮的阿克苏。一首关于阿克苏的诗还必须
写出羊肉的嫩滑，和羊肉十足的美味
最好在有些寒意的某天清晨
在一首诗里对阿克苏精雕细琢，很显然
这样的活儿，不要宫廷里才华横溢的诗人
阿克苏街头做小生意卖羊肉串的一个中年妇女
用她的肉签在炉火上转悠几下便可完成

A KE SU SHI JIAN

龙潭公园，就是阿克苏一个美丽的停顿（外三首）

杨文霞（黑龙江）

多浪河还没苏醒，龙潭率先点睛

大、小鱼鳞池也开始摆布，这一处世外风景有独到之处

一粒水色光鲜里加倍复活，水润的曙光擦亮一块镜片

阿克苏就在龙潭公园被镜像出来

龙珠广场与平安广场，饱览人间的盛世

修竹广场与南北清水平台，满怀各自的激情与激越

一整片的绿色林带，古色古香的连廊

紧紧梳理人间的闲庭信步

并把红瑞木，黄连翘，推至眼前

并用亭台楼阁的另一面，展示富裕与妖娆

都是龙潭公园大美的无尽与抒情的芳华

裹挟色彩艳丽的花卉与高大的乔木上留下的诗句

走进去，水润荡漾的诗意落在脚下

走进去，一座湖心岛成为诗眼，跌进去很多情感的浪花

繁茂诞生中的美丽

在阿克苏就是一个美丽的停顿

在龙潭公园，杨柳在清风中凌空微步，细碎的光影
　联袂水波

法桐树下有艳丽的衣裙，比照着飞羽，鱼翅

还有投湖的云朵，尽力拉进画框

一些巨浪是心底的感恩，阿克苏的大美也藏进去

用清润的手法抚摸诗意的笔体

也有潜伏梦境中的密探，探寻出，这一方水润阔畴
　里的大美

拱桥上有妖娆，栈道上有停摆的修辞

一个承水台链接一片片鱼鳞

以静谧寻找奔流

或在游龙桥，或在车行桥，把水杉，刺柏，龙柏，
　樟子松

用诗词里的佳境重新摆布
渐逐成一方诗意，都是美的成熟与感觉
在龙潭公园，就是在水润阿克苏的体魄里
爱一个光鲜、一种幸福的附体
爱一处美景的顺其自然，而尽力忽略人工的雕琢
并不断提醒，龙潭美的再造与改天换地
成为阿克苏一枚响当当的词牌，并囊括了无数个修辞
被一幅画静静地临摹
人在画中游走，画在人间安居

月亮泊，就是在绿色康养里赋体的诗意

大漠、长河、落日，在这里，被一枚月亮泊淘尽
度量美的心境也在老子新村得到珍视
一枚独到的诗眼被拿捏，锦绣在荒芜里铺垫
8000 多棵红柳蔚然成林，只带着蓝色的月亮泊
只在老子新村里，走出一条康养之路

有背影走过来，浑身裹挟着暖泉的温度
也有一滴水放大的颂词
从月亮泊老子新村的文化园开始
适当复活了诗词里的间距
见缝插针，写进去大漠里散乱的章法
用一处世外桃源，驿动了情感的画面
都在月亮泊，成为背起的囊中之物
风冶与清秀一起，在绿色康养上，铺天盖地

水中生林，林中升起鸟鸣。姹紫嫣红腾挪画布
美丽的老子新村，出出进进
走进人文鼎盛中，诠释爱的距离
无处不在的喧嚣，又无处不在的静谧
风采与肃穆同时并提，用一眼绿，不断震撼
“白水之城”的阿克苏，冲洗的画卷
让飘逸的遐思又软又硬
生命之清新，风景之秀美，在记忆里不断深邃
都成了一枚遥遥相爱的字词

独属月亮泊，独属老子新村，滋养的隐秘

月亮泊，戈壁中的诗情来自上苍的眷顾

人生尽在的徒步色彩，尽显南疆的柔情

让一滴大漠的精魂留在这里，缱绻在诗情画意中

不加任何修饰的弹唱，原始自在的舞技

久违了的阿克苏，在夜画的月亮泊

含蓄里饱满热爱，就是同心共筑的中国梦

将荒漠戈壁、盐碱地、自然温泉，分摊了文化的
　比例

锦绣在文、体、旅中展开，多彩斑斓的光影像一枚
　笃定的词

水的灵性、大漠戈壁的壮观

更是月亮泊，变成绿色绿洲的坚定

带着赋体的诗意，走向康庄大道

多浪河公园，梭梭在这里刺绣

塞上江南的名号，在抖音里抖落出去

栖息地里的金雕、黑鹤开始用光阴的手笔打理羽毛
新疆大头鱼，潜游水底
一簇簇梭梭被穿针引线，开始刺绣
这里的草茂水美，这里的白鹭，苍鹭跑出诗歌的行距
这里的水润荡漾无限的感动
一座湿地公园，在多浪河被摆布
生态的大美被怪柳，甘草扶持，生态的大美也给
　栖息的鸟群
无限宽阔的水域
给一段梦藏身的舞台，就是给了诗意再造之势
多浪河正倒影阿克苏，浑然天成里都是美的流泻

有时候湖面安静，桥梁投下一段诗歌里的暗影
雕塑的时光，莅临在繁茂的章节
花草与树木被惊心，草长莺飞中巧遇
有时候多浪河在潋滟里动荡
烟雨浮雕鸟的影子，慌不择路，却有着一种幸福的
　感觉
投湖的投湖，投林的投林

以鸟语交换彼此的隐秘，也用鸟语把塔里木兔，警觉
云彩般的影子，瞬息不见，只用一行滚烫的诗句
深深扎入心房
谁都想置身这样的红尘里

仿佛多浪河带着阿克苏的沐浴，一座公园的行云流水
爱如满湖的碧波，爱也是鸟语串联出的诗句
湿地公园的绿肺不断扩张，乡音藏在飞羽里
乡音也卧在热情的目光中
又像一座梦里的水乡，催生了古老而又绚丽多彩的多浪文化
观鸟，赏花，垂钓，泛舟
或霞光映水，碧波荡漾
一下又把阿克苏国家森林公园、团结湖、月亮湾、幸福公园
串联起来，都是多浪河上一枚绿色的珠碧
把阿克苏九曲回肠的诗意，指认出去
尽享青山绿水，或就等十万只飞羽浩荡的起势

山水被雕龙，人间被画栋

大美阿克苏在绿色附体中，植树，种草，养花

各用各的笔体，爱成花开满树

在梭梭坚强的生命里，降临尘世

胡杨公园，惊叹之中的一幅画卷

胡杨与诗歌，就是远方的诗意不请自来

大天鹅湖里一枚落叶的寂静。沉醉中不自省

以清风徐徐而至，一株古老的树种，开天辟地

胡杨都给你惊叹之中的一幅美图

胡杨更给你时间的公正

在胡杨公园里，仿佛有了长生之术

像胡杨一样雄阔坚挺，也可以像姜太公一样垂钓

都是一些大美的愿者上钩

都是一些大美，甘愿俯首听臣于胡杨的布景

仿佛塔里木河撰写着不老的诗句，胡杨也不老

飘逝的时间耗尽时光的静默
都与喧腾的金色，得到时间公允里的佐证
交代的一场救赎，就是交代出一棵树木中，坚硬的
　笔记
打开，就是阿克苏，合上，就用胡杨做封皮
又禁不住缤纷四溢的语言，鲜活了木质的生命
又禁不住在这里把大漠与戈壁，把绿洲与胡杨
都按进一滴水的肺腑中，被吐纳有序

在胡杨公园，时光近似一种虚拟
一次次返璞归真中，划破漫长的寂静
春来秋往，有一棵胡杨足够满足一次行旅中倾慕的
　催生
都是行云流水的倒装句
一棵胡杨就是一处风景，枝干与体貌都是一种感动
一座胡杨公园，就是一卷画册，沉醉与痴迷同属
　诗意的修辞
追梦，造梦，飞天入地，星辰与胡杨不离左右

塔里木河的静静，也不离枕梦的呼吸

历史的长河上，有奔流不息

历史的长河上，就有胡杨的守望，不离不弃

平坦如镜的沙漠石油公路，直达公园里

有人顿悟，有人歌吟

有人悄无声息，与胡杨抚琴

像一座抽油机，一次次把抬起的头垂向大地

像一棵胡杨，一次次把扬起的头，敬献给天空

带着玄妙的美，绽放恒久不变的华光

被阿克苏，签阅

致阿克苏

霍莹（河南）

（一）驼铃声声阿克苏

寻梦而过，瀚海大漠

望断落日余晖，时光在驼峰上跋涉

时间的结打了无数，系不住慢慢老去的脚步

你把孤烟抻直，围成一个圆

驼铃摇曳一练白水，驼队走出一座城

从此，荒凉里冲出清脆鸟鸣

小城中，月季香，月月红

（二）明珠璨璨阿克苏

鬼斧神工在时间里雕琢，抑或雕琢时间

蓝天的样子，白云的样子，清晰可见

大漠，落日，戈壁滩

你都逐一记录，还有驼队的脚步

疲惫的，雄壮的，苍茫的

从你的枝枝蔓蔓上传来

那么清晰，那么热烈

叶子上沾满阳光，风霜里灌满绿色

你是绿洲里一颗明珠，

陪伴沧桑熠熠生辉

譬如爱情，生命里的鬼斧神工，令人心驰身动

那种美难以描述，颠覆我想象

比如神木园，神一样的存在

（三）乐舞翩翩阿克苏

你打石窟走来，在壁画上起舞

拨头，大面，苏幕遮

你从漫漫黄沙里起身

头戴彩带，垂之于后，身穿花纹衣

那就是你，多么美丽

音乐曼妙，舞蹈绚丽

让李杜诗人如醉如痴

让一位位飞天仙子衣袂翩翩

那就是你，多么美丽

跳过玄奘的讲经台

跳过昔日战火

风沙从戈壁深处吹来

女儿河从身边流过

何人记得，烽火燧下一个凄美传说

女儿国，可否删除凄美，亲吻眼前的烟火

让传说不再是传说

走进阿克苏

游华（江西）

渐渐熟悉起来的陌生
行程变得温暖
一泓清澈的水
洗涤路上的尘埃

弥香久远的古丝绸之路
开启一次多彩的生活之旅
中西文化在此激烈地碰撞
无论是西域都护府、安西都护府
为生命打开了一条绿色的通道
赢得了乾隆大帝一张御旨
从此，许多梦想在这一张纸上生根发芽结果
苹果、香梨、葡萄、甜瓜……
此处，大地的名片飞遍中国

城与乡被风的力量拉近
诗意生活被无差别的选择
在这里
风速推动时代的进程
风向找准人生的目标
风和日丽的日子会使你在千佛洞里
坐禅熟透悟深一个道理
所有人在黑暗中向光明前行

爱情不在乎沙漠的边缘
死亡一定会在胡杨林中复苏
秘密不会隐藏在阴暗曲折的大峡谷
随着援疆的火烛
从美丽的西湖之畔
点燃塔里木河无边的金色秋天
让所有的季节妒忌
托木尔感动地竖起耸向云天的大拇指

A KE SU SHI JIA

阿克苏：漠上江南

孙倩颖（贵州）

10 月，我想绑上驼铃
尝试从千年前走来
去看一看这漠上的江南

混入城垛的分量
浸成塔里木河上的沙石
用温度拥握

这是南疆的一个梦啊
被人用丹青细细描摹
盆簸里的山水倾泻而出
蓝色、绿色、金色、白色

潮湿而温润的情节

却又多了几两灼热的笑容

白云的甜香几度

以及声声“阿克苏！阿克苏！”的唱和

沙漠里的凤仙花

我的眼中，这是一朵凤仙

作为沙漠的陪伴

在水声中盛开，在风声中凋谢

沙漠里的凤仙花

命题的依旧是她的色彩

但却少了蝶裙伴舞

多出几缕翩飞的发丝和婉约的曲线

我想站在高处

将这朵凤仙看得更清楚

或是攀上花心

嗅起她腻人的幽香

一朵南疆沙漠里的凤仙花

应是在秋天绽放

绽放时，我依旧选择红色

……

哪怕再过千年万年

萨塔尔琴声里的银河

是谁在这里缝入了银河？
空旷　嘹亮

夹岸欢迎的山石
鲜艳的　滚烫的

风吹过的声音推动着银河前行
翻滚在人们的相机里

微笑着　挥舞着的银河
藏下天山南麓寻来的珍珠宝石，有话要说

阿克苏心灵物语

谭杰（福建）

那是我的太阳
被你们身披过的霞光
我要收起来
从你们面庞里收走

那是我清澈的水
被你们品尝过的甘甜
我要收起来
从你们心田收走

那是我大地的秋色
被你们窥视过的
我要收起来
从你们眼睛里收走

如果你能留下来

盛大的晨曦会还给你们

甘甜的水会还给你们

令人向往的秋色会还给你们

如果你能住下来

会还给你们一双清澈的眼睛

循着一棵胡杨的根须或者叶脉，是可以抵达阿克苏的（节选）

王永纯（山西）

（一）

我相信，从苏州的雨巷是可以抵达阿克苏的
从龟兹故都的一缕炊烟里，也是可以抵达阿克苏的
甚至循着一棵胡杨的根须或者叶脉，都是可以抵达阿克苏的

这一刻，更适合于用一纸风干的雨水为苍生赎身

柯柯牙的荒漠成为父辈眼中恣意的绿
用它的锋利，打开土地的衣裳。我喜欢春天的雨水，
　它曾经用它的歌唱
为土地播下五谷

脚下这些泥土是聪明的，它养育了我们，它感受
　细微的光芒
父辈喜欢泥土的样子，只是泥土喜欢沉默
世间伟大的事物多半都是沉默的，那些生命在落叶
　飘落时死去
又在朽木逢春时复活
这些消失在荒漠里的名字，我知道他们的去向
我叫不出他们的名字，但我知道，那些丢失在沙漠里
　的名字
都已经长成了胡杨的模样

（二）

收割机与节气为伍，向人间搬运丰年
诱人的红枣，来不及落下，稻田里的每一株稻穗，都
　哼着一支小谣曲
马鹿在山坡眺望，长绒棉含羞带露，纸皮核桃口吐芬芳

红柳的一团火焰，蹿上枝头，卡拉库尔羊的尾巴摇落
　漫天星光
罗布麻回眸一笑，叼羊的马群便狂奔而来

晚风吹，吹拂多浪河，云影跳荡，一河潮湿的灯火，
　缤纷了醉意
一些脚步缓慢下来，而另一些，随着广场舞的节奏
踮起时尚的脚尖，凤泉街，小吃，美食，烧烤，馕，
　抓饭
皆是生活的色泽，来一杯凉饮，不经意间
仿佛回到了江南水乡

（三）

辽阔的阿克苏美得无法描述，我幻想的景色一个一个
　呈现——
高速和流水奔跑，穿越无数个黎明和黄昏，像一把

钥匙，轻轻一旋，阿克苏的大门便开了

十月南疆，胡杨开始华丽转身，一瞬间，那山，那水

那漫漫沙漠都被胡杨染成了金色，这个时候

秋天把最美的色彩留给了胡杨，平日喧闹的城市

因为秋的到来，变得妙曼多姿

把多浪河揽在怀里，天山的冰雪会温柔成一汪清水

湿地里几声尖叫，河水立刻生动起来 ，一个个意向

孵出水面，白鹭站在水中，学着人间的样子 ，此刻所

有的情节都温馨成夜晚的霓虹，镜子的水面上，它

举起的笑脸

冰糖心一样甜蜜

在阿克苏，土地把最初的梦想交给蓝天，交给戈壁上

崛起的森林

以及酒醉的斜阳，斜阳里杏花开放的声音和收割机

惊喜的脚步

郁金香闯入往事，多浪河水三十二年沉淀，绿地疯长

垦荒的父辈早已成为胡杨的模样，而阿克苏，塞外江

南，梦里水乡，用一河睡莲
丰富你的想象

（四）

在水面上的玻璃栈道遥望雪山，泡在温泉里已经没有了寒冷的感觉
收容蜜蜂的大地同样也收容红柳，花朵的向上而果实的向下
天空中堆满了太多的蓝，藏在泉水心头隐隐闪电的绿，一点点
都长到戈壁湿地的深处，望着那些卷着，叠着，铺着，排列着
涌过来的流水，我把自己丢在了身后
忽然想到，在月亮泊，我可能把来时的路弄丢了
谁在归途，星月低眉浅笑，皇宫湖的宝藏女孩
每一个都像我邻家的妹子，穿过戈壁，河水一尺比一

尺宽
阳光和椰树相互搀扶，向夕阳下的路人微笑致意，小
船划入梦里，鸟儿衔着
黄昏浮在水面上，此刻皇宫湖是蓝天的一面镜子
照亮大美人间

（五）

胡杨小舟像水一样流动，像秋天的第一杯奶茶
阳光在一只蝴蝶的翅膀上踱步，云朵也是河流，从
高处窥视，阿克苏，原来上帝关上门却又为你打
开了一扇窗子

塔里木河畔的胡杨小院，掬一捧河水，摘几粒日月
星辰
这高出尘世的流水，有谁知道它能治愈人间顽疾
时光逆流而上，我向南，你向北，我们背道而驰

心在哪，山水就在那里，我们殊途同归，而我的辽阔
　就藏在阿克苏的深处

阿克苏是福地，绿草茂盛，站在相见恨晚的云朵之上，
　光直视人心
冰雪和石头落荒而逃
它们无处藏身，多米屋外，绿皮小火车，塔河两岸的
　胡杨，多浪河
用接天莲叶的荷花做你在人间的面具

我们跑在果实成熟之前，我们跑过流水的头顶，我们
　以 296 千米的速度
跑在傍晚之前，追落霞，追野鸭子，追长天与秋水，
　我们追一粒葡萄和苹果的理想
追一个二十八岁的小伙子，用十一年的坚守把海噶村
　植成一株参天的胡杨
碧浪重叠，时光静止，阿克苏老街，就是语言中的闪电，
　光洁、深邃

是晨光中牙生土陶的脸庞，悄无声息地映照着
凤泉街飘香的路上

（六）

生而千年不死，死而千年不倒，倒而千年不朽
胡杨，生而惊艳，枯而壮美
正如我们生活里历经的苦难和幸福

此时，“欢乐巴格其村”盛宴正酣，唇齿留香，跳新
　疆舞的姑娘，恰似我的好心情
那些慵懒的气息与阳光，以及苹果葡萄梨子薰衣草
戈壁玉的灰枣，像红日在枝头上狂欢

雪豹和藏羚羊对我有一种强烈的吸引力
我喜欢多浪河岸的月光，任细雨和无限的翠绿打湿我
包围我，湮没我，用一河莲花的清香，滋润和整理我

豁达的心绪和记忆

它通过西部丹霞的雄奇和历经风蚀的磨练
向我敞开了心扉，大峡谷的外面，是另一个世界
一抹微蓝和一股清流就可以洗净人间烟火的浑浊之心

我可以是河流，但我却是虚空的，我找不到自己的来
　路和归途
异乡的阳光已经没有了泥土的味道

就像我们每一天都会被生活所累，被落日和朝霞的光
　芒击中
从涨满秋水的眼中流过，望着多浪桥打坐的风景
聆听起起落落的人间

（七）

除了路过你的繁华，此刻我两手空空，只想折服于
　你的身旁
把你身体里盛开的花朵，都归还给土地，我熟悉的
　流水的脚步从未停止
万物畅游，时光的流逝顺从我的抒情，辽远的地平线，
　正陈述最美的芳华

我把一瓣月光敷在伤口上，而把另一瓣留给他乡
揉碎的朵朵浪花，顺流，逆流，都一直等在那里，我
　草芥一样的心
所有苦难，都将与我背道而驰，我的身体里已经种植
　了一片叫阿克苏的土地
那里花果飘香，那里流水潺湲，我的西瓜大又甜的七
　彩村，我用塔孜舞旋转的万家灯火
来抚慰和治疗多浪河的云影和波光

今天，我跟着一条路回家，我只想取一盏多浪河的灯
  火，照亮两颗最美的心灵
她们在湿地公园种下同心树，让我铭记于心，那一个
  嫣红烁亮的黄昏，仿若有神，就把炊烟系在阿克苏
  的一角，仿若有神，就会让中华的绵绵血脉
开枝散叶

胸口滔滔奔涌的河流，像铜钟大吕的奏鸣，温润着
阿克苏，多浪河内涵的芬芳和优雅，都是灵魂纯净的味道
我躲在一粒尘埃里呼吸，触摸碧水辽阔和云卷云舒，
  伸手处的欢乐悄然绽放，我等待
鸟语花香推开的四季，蓦然回首期待与你再一次相遇

白水城

邓涛（江西）

往南，下天山，就是白水城

一道剑光穿开的河道

天山微缩成了浪的形状

起伏地喘着，很急，赶过一连串的水

想和那些马蹄

赶过旷远的孤独

它带着一千尊佛的旨意

赐予干渴的大漠天空的清凉

它收下沉甸的阳光和白帛般的月色

收下很多儿女，它走过的地方就是他们厮守的土地

它要让所有的树长起来，用果园里的花遮住人间情事

它一定要在纷扰的风沙中找到姑墨

以便鸠摩罗什回来时，不会陌生

走进阿克苏（组诗）

马文秀（北京 ）

驱车前往阿克苏，雀跃的心
早已飞往鸟的天堂

远方的美景曾以千万种方式
进入梦境
阿克苏向我挥手、召唤
一场际会相约在梦里梦外

我相信秋天带来的口信
天鹅、海鸥、白鹭、绿头鸭……
扑扇生命的翅膀，等待我前去汇合
相遇的无数奇迹，早已在梦中留下影子

此刻只等丈量大地的步伐

前进吧，穿越独库公路
置身阿克苏，满眼的原始与富饶
不需要过多的赞词
尽情打捞山里水里的诗句

到达湿地公园，百花池边
芦苇粗壮占据阿克苏风水宝地
远观像一片绿宝石
衬托百花的淡雅与柔和

登上观鸟楼，张开双臂
拥抱向我飞来的鸟群
它们用最热情的表达方式
迎接我这诗人的到来
彼此也曾为相遇等到秋叶纷飞

此刻让所有的等待不再遥远
让所有的想象不再于空白间游离

皇宫湖的静与美

抵达阿克苏，黄昏刚好停在额头
苍穹之上满是吉祥的气息
远观、近观，皇宫湖的静与美
此时不适合用言语去打扰
飞鸟叫出秋日的明艳
翅膀掠过湖面，留下一束光
映出阿克苏生长的影子
以及背后千万建设和守护家园的天使
你看！落日照亮大地，慢慢拉开画布
转个身，叫醒酣睡枝头的鸟
让它以歌喉让鸟兽鱼虫摆好造型
等待落日蘸取大自然的色彩
将巨幅油画留在皇宫湖纸上
记录崛起的阿克苏

读懂胡杨林

行走在阿克苏
发现胡杨林飞翔的姿势
并不重要

枝干交错，绽放粗线条的美
挥出北方的苍凉与雄健
写意南方的细腻与多情
相信唯有心怀虔诚举意的人
才能看到这包罗万象的美

此刻，胡杨林多像流浪的画家
在天地间寻找画笔
一路奔波一路坚守
以纯真为墨在世间留下真情

等待有情人来揭秘

我多想以穿越秘境的决心
向秋天更深处行走
在肆意的金黄中寻找胡杨魂
感受原生态景观的神性与灵性

遥望万里风沙，在湛蓝的天空下
读懂胡杨的傲骨与洒脱
理解对天地的敬畏与坚守

阿克苏之眼

今晚的多浪河，站立在星空下
绚烂而梦幻
坐在摩天轮上满眼皆是幸福
向上找一颗离自己近的流星

许下心愿

向下俯瞰阿克苏夜景

自有风情

七彩霓虹灯下，美景皆收眼底

用一只眼走进另一只眼

远比旅途更近

也更能走进内心

阿克苏之眼，闪耀光芒

掠过山清水秀看到原生态之美

囊括无数儿女奋斗与贡献的壮美

映出天人合一的圆满

在阿克苏，万物都是水的旁白（组诗）

孙大顺（安徽）

国家湿地公园

并肩的野花，让天地安静下来

白云走不动了，停在那里

要与风促膝长谈

一只白鹭，把春天的词语含在口中

它认识水边读书的柽柳

向阳的甘草

和一条通往仙境的小路

在国家湿地公园

水清澈得没有内容

迟到的莲花，怎么也挪不开
瞌睡的水花。欢快的鱼儿
把多浪河当成自己的祖国
青草忙着挽留微凉的露水
这清润的章节
仿佛是一幅秀色可餐的水粉画

森林公园

天空掏空所有的蓝，倾倒在人间
风来不及招手
阳光就在四月的喉结滑动
那不为人知的光芒抱着我
又快速松开，转眼又淹没了
从水面起身的薄雾

碧水、绿树、青草、红花

它们窃窃私语，保持永恒的联系
唯独把我留在观景栈道上发呆
在阿克苏，万物都是水的旁白
水把万物系在一起
与森林公园相撞，要撞就撞个满怀
掏空所有的阴霾，放飞心灵
与无边的寂静站在一起

等待的植物园，分给每个人一段葱翠时光
园林景观区，把我们送进
一排排押韵的词语里
让返青的光影，重塑另一个春天
林间小道，用鸟语隔开俗世
我们深陷在暮色里
找不到一条被水接走的小路

胡杨公园

秋天从胡杨的枝叶上走回人间
河水像纸页一样洁净
天空、白云、沙漠、胡杨
万物都是水的旁白
在胡杨的世界里，水是唯一的神

我书写的胡杨不会老去
它沉默、沧桑、坚韧
一生追随着水的脉息移动
夜晚，河水把怀抱让给星星
为它洗净宇宙的微尘
风还在远方雕琢，金色的胡杨
守着水里的星星
和偶尔跳来跳去的雨点
暮色爬上胡杨，又摔了下来
跌跌撞撞地朝着远方奔去

弯月如钩，沙漠获得了暂时的宁静

月光下的胡杨，像不屈的战士

把孤独推到美的边界

聚集世间所有能量

把古老的水路，拉回时光的中心

阿克苏，绿树成荫

王文雪（吉林）

这是阿克苏
这里有原野的生机。有铜绿覆盖的浩荡
浸透冰封的暗影
春风，一再令茉莉浸染葱茏——
像袖口的浮雕，像长夜漫漫的细语

我们唤醒一片苍翠，爱上春风和夏花
爱上绿荫下松软的泥土
在绿树成荫的阿克苏
用洪荒之力拥抱着：
每一寸，在树下乘凉的
人们的影子

塔克拉玛干断章

吉尔（库车市）

她唱世上最美的哀歌

……

她拥有女性的辽阔，并诞下荒凉和桀骜

她拥有水的品行，比水还硬

在塔克拉玛干，时间是恒古的河流

大地，是另一个星空

我们是她走失的沙子，这如同造物主的安排

我们经历雨水、冒险的词，在塔克拉玛干的星光下

听，玛格萨[①]的叹息比黑夜还深沉

①注：传说很久以前，人们渴望引来天山和昆仑山的雪水，浇灌干旱的塔里木盆地，慈善的神仙让小女儿玛格萨把打开盆地的金钥匙送到人们手中，可玛格萨把金钥匙弄丢了，从此盆地中央变成了塔克拉玛干大沙漠，而玛格萨永远留在了塔克拉玛干……

我是塔克拉玛干荒凉的一部分。在这里
语言比木简更沉默，在这里
寂静，搬运着一整座胡杨林，巴依孜湖流淌的月光
没人能懂

在这里，风鼓动着迷失的精绝和楼兰
死去的记忆，走在返乡的路上

大美阿克苏（组诗，节选）

曾若水（江西）

阿克苏国家湿地公园一瞥

遍地野花

和馨香的阳光合唱

赤橙黄绿蓝青紫的歌

一群鹭鸶

借一片水韵

和蓝天白云一起嬉戏

多浪河景区

走走，一路惬意
看看，满怀惊喜
美抱着美，诗意延伸
人生所有的郁结
溶在多浪河，浪花带走

蓝蓝的天空，白白的云彩
喜欢在水韵之城的怀里
静静地享受
世外桃源的风情

一朵朵花，摇曳的舞
仙子一般，从诗词中走下来
就和白水城恋上了
一片芳心，最美的青春

即使是月光里相逢

醉美婵娟

碎成无边浪影

如诗如梦的河

夜光杯里可豪饮

朋友，来吧

万花丛中

一定有一枝红颜

可以做你的知己

诗意的阿克苏（两首）

吴丝丝（上海）

神木

如龙如凤的古树

盘踞在这片从未老去的土地上

它们都记得千年之前

那些禁锢的宫殿、沉睡的壁画、消逝的石刻

在戈壁里孤独地吟唱

有一日南方送来了

一整个盛夏的湖水与植被

绿意沿着寂寥的沙土肆意生长

圣水泉旁参天的古树告诉过去的白水城

大漠里真的长出了一个江南

两个南方

水光漫过丝路
沙漠睁开沉睡的天眼
整个西湖的绿荫
在告别亿万年之后苏醒过来
一片湖丰饶一座城
水韵开满了颜色
白雪、红山、神木、胡杨、泉池
沉醉在无垠的沙砾中
模糊了地域与年岁
历史带着悠长神秘的果香
将两个南方酿成美酒

A KE SU SHI JIAN

透明的金黄

——致友卢山

周园园（天津）

手机轻声响了一下
振落时间之手覆上的灰色薄衫
已是深秋，寒意着身
你从几千里以外的阿克苏
胡杨木旁，收集风与叶的私语
告诉我你那里季节的秘密
壁虎的颜色，在细软的沙中
并不容易察觉
那灵动的小兽，只被自然认养
来自远古的风
持续地吹向体内
天空高远，群星收敛翅膀
等待集体的绽放
那些瞬时而永恒的美好啊

是你一生奔赴，一生珍爱

我已走出悲伤绘制的黑色

沉浸在透明的金黄中

献诗阿克苏

默风（阿克苏）

克孜尔千佛洞

拾阶而上的佛窟
在一面崖壁上，错落排开
一万多平方米的壁画，历经十八个世纪的
轮回转生。让明屋塔格山开始生动
让石头有了禅意
如今，我来到这里
参观每一个洞窟，怀揣每一幅壁画
于历史云烟中，那些意念
开始复活：飞天传说、舍身救猴、降魔变……它们
或立、或蹲、或腾空

构成了连帧动画

在幽邃诡异的色块中穿行。仿佛那些情境

正散发出辰砂的味道

安详、绵密、警醒，还保持着

一粘一合的锐痛。此刻，我与一幅壁画对视

它隐于一角，语焉不详

却穿透了历史土灰色的石壁，与鸠摩罗什

一起见证着西域的风起云涌

和经年往事

图书在版编目（CIP）数据

水韵阿克苏诗笺："杭阿同心杯 · 水韵阿克苏"全国诗歌大赛优秀作品集 / 杭州市援疆指挥部，新疆阿克苏市文化体育广播电视和旅游局编．-- 杭州：杭州出版社，2023.3

ISBN 978-7-5565-1778-7

Ⅰ．①诗… Ⅱ．①杭… ②新… Ⅲ．①诗集－中国－当代 Ⅳ．① I227

中国版本图书馆 CIP 数据核字（2022）第 081763 号

SHUI YUN AKESU SHIJIAN

水韵阿克苏诗笺

——"杭阿同心杯 · 水韵阿克苏"全国诗歌大赛优秀作品集

杭州市援疆指挥部、新疆阿克苏市文化体育广播电视和旅游局 编

责任编辑 胡 清
美术编辑 章雨洁
出版发行 杭州出版社（杭州市西湖文化广场 32 号 6 楼）
电话：0571-87997719 邮编：310014
网址：www.hzcbs.com
印 刷 杭州日报报业集团盛元印务有限公司
经 销 新华书店
开 本 787mm×1092mm 1/32
印 张 5.75
字 数 164 千
版 印 次 2023 年 3 月第 1 版 2023 年 3 月第 1 次印刷
书 号 ISBN 978-7-5565-1778-7
定 价 35.00 元